I0730616

LES J'AI VU

DU JEUNE HOMME

A LA MORT

DU VIEILLARD.

C'était donc peu des pleurs qu'il m'a fallu répandre
Au tombeau de Lekain , objet de ma douleur !
J'ai , dans la même tombe, à la fois vu descendre
Et mon Poëte & mon Acteur.

MUSES RIVALES.

A BERLIN,

Et se trouve A PARIS,

Chez MOUREAU, Libraire, rue Dauphine, près
celle Christine, au grand Voltaire.

M. DCC. LXXIX.

Les _seconds_ J'ai Vu _du jeune homme_ paroîtront inceſſammens.

L'UNIVERS est en deuil. La veuve & l'orphelin,
Les enfans de Calas, maudissant le destin,
Adressent leurs sanglots à ton ombre immortelle:
On les entend gémir, honorer tes bienfaits,
Et dire aux malheureux, en montrant Alvarès,
Voltaire en est le Peintre, il en fut le Modele.
Fernei, le monde entier confirme cet aveu;
Quand ton ame sublime abandonna la terre,
Le Parnasse Français redemanda son Dieu,
La sainte Humanité, son Vengeur & son Pere.
Vous qui du Fanatisme abhorrez le fléau,
Vous de qui l'infortune assiégea le berceau,
Sur ces restes sacrés que la terre dévore,
Venez de vos douleurs déposer le fardeau;
Ses mânes bienfaisans vous répondront encore:
Il vous consolera du fond de son tombeau.

AU VICOMTE DE S✳✳✳.A✳✳.

*R*ÉÇOIS cet Opuscule , sans suite , sans liaison
& sans ordre. On y cherchera ce que les beaux esprits
appellent du trait, du brillant, de la saillie ; on n'y
trouvera qu'un peu de candeur. Tu me dis qu'il a
été goûté dans plusieurs Sociétés ; je te répete que
l'illusion de la lecture y fait souvent tout le mérite
d'un ouvrage , pour ne pas dire toujours. Ainsi
donc , je veux me juger & prévenir mes Aristar-
ques. Messieurs , j'avoue avec sincérité qu'il y a
des négligences impardonnables dans ces J'ai Vu
de quatre soirées * ; mais on y trouve quelquefois

---

* *Le tems ne fait rien à l'affaire.*
Ah! pardonnez-moi ; si j'y avais employé une soi-
rée de plus , je me serais ennuyé ; & l'ennui ne me
vaut rien.

A ij

du sentiment, & toujours de la vérité. J'ai dit:
Criez ; je ne vous réponds point. A toi, mon ami,
je te répondrai quand tu me critiqueras. Mais je
te demande une grace ; supplie tous les gens de
goût que tu rencontreras, de ne me juger que sur
l'Héroïde qui suit les J'ai Vu ; je la crois moins
foible, car elle a fait pleurer ta sœur : si elle fait
rire Zoïle, son succès est décidé. A demain.

A U D E.

LES J'AI VU

DU JEUNE HOMME

A LA MORT

DU VIEILLARD.

Que nos jolis Ecrivains,
Dans leurs couplets libertins,
Chantent Laïs ou Glicere ;
Ami des antiques mœurs,
De la moderne Cithere
J'ignore encor les fadeurs.
　　Au sein des Dieux domestiques,
J'ai vu dix printems finir ;
Loin des murs patriotiques,
J'en ai vu dix refleurir.
J'ai vu l'Aigle du Génie,

A ij

J'ai vu l'Auteur de Julie * ,
Enlevés à nos regards ;
J'ai vu le Temple des Arts ,
Couvert de voiles funebres ;
A l'aftre brillant du jour ,
Qui régnait dans ce féjour ,
Ont fuccédé les ténebres ;
Et Phœbus quittant fa Cour ,
A fuivi ces morts célebres.
L'Europe attend fon retour.

Sur le Théâtre où Zaïre
Inondait nos yeux de pleurs ,
Et rempliffait tous les cœurs
Du charme heureux qu'elle infpire ,
J'ai vu de triftes romans ,
Tiffus par la phrénéfie ,
Honorés par nos Savans
Du beau nom de Tragédie.

J'ai vu le Chantre élégant
Du Perroquet monaftique ,
Le Peintre aimable & charmant
De la gaîté poétique ,
Remplacé par un effain

---

* Julie, ou Lettres de deux Amans au pied des Alpes. Un Seigneur qui fe trouve beaucoup d'efprit, appellait ce Roman miraculeux, *Ouvrage par-deffus la tête*. Il avoit raifon *pour lui*. Pour que la beauté de ce livre s'arrête à l'ame , il faut que le Lecteur en ait une.

De rimeurs impitoyables,
Qui, froidement agréables,
Fatiguent le genre humain
De leur Mufe infatigable ;
En vain le Pinde équitable
Leur prodigue le dédain ;
La fureur qui les enflâme,
Trouvant par-tout un écueil,
Eft le tourment de l'orgueil,
Et non le befoin de l'ame.

    Quelquefois des foins preffans
Sous le toit de l'indigence,
Suggerent à l'ignorance
De confumer fes momens,
A raffembler en cadence
Quelques mots vuides de fens ;
Mais le rimeur éphémere,
Loin de cultiver les champs,
Devient la fable du tems,
Et languit dans la mifere.
Lors en dépit d'Apollon,
Sa Mufe *dévergondée*
Revole au facré vallon,
Où, par la rage guidée,
Elle outrage les grands noms
Qui décorent cet Empire,
Et diftille fes poifons
Dans le fiel de la fatyre.

A iv

On écrit alors qu'Alzire
Moralife fur fa fin,
Et que fon Auteur mefquin
Ne connut point l'art d'écrire ;
Que le fage d'Alembert
N'eft qu'un Pédant agréable,
Un raifonneur miférable,
Et qui le dit ? qui ? G***. (*)
Que Varvick & Mélanie,
Chéris malgré les complots,
Sont la honte du génie
Et la lecture des fots ;
Que l'Auteur (**) de Bélifaire,

(*) M. G. jeune homme âgé, qui *travaille* des vers contre Voltaire.

(**) Les Contes Moraux vivront autant que la Langue. Jamais Ecrivain n'a fu la rendre plus liante & plus douce. Tout eft animé, tout vit, tout refpire dans les tableaux variés de cet Académicien. Que fa Morale eft pure & confolante ! Que fon ame doit être belle ! Il eft des expreffions que le vice n'imitera jamais.

Il plaça la vertu fur un trône de fleurs.

Ce vers fimple & beau peut lui être juftement appliqué ; il fe trouve, au fujet de Fénelon, dans fon Epître fur l'Eloquence, ouvrage émané de fon ame fenfible, & dont les beautés touchantes vont fe graver dans tous les cœurs.

L'ame d'un malheureux vient gémir fur fa bouche.

C'eft M. Marmontel qui parle, & c'eft de lui qu'on

De ces Contes renommés,
A Gnide, au Pinde, à Cithere,
Toujours lus, toujours aimés,
N'eſt qu'un Auteur mal-habile
Qui voulait nous pervertir,
Et qui ne ſait point fléchir
La rudeſſe de ſon ſtyle
A ce ton doux & facile,
Qui toujours nous eſt offert
Dans les *Débuts poétiques* (*),

---

peut le dire. Je ne puis réſiſter au plaiſir de citer le précepte qu'il nous donne ſur l'art d'écrire, & dont il a
fourni l'exemple dans ſes Œuvres. Et le précepte &
l'exemple ſont réunis dans les vers ſuivans :

Aux loix de la penſée, aux loix de l'harmonie,
Heureux qui de ſa langue a ſoumis le génie,
Et, qui, ſans la contraindre, ayant ſu la fléchir,
De tours nouveaux pour elle oſe encor l'enrichir :
Mais ces formes du ſtyle & leur noble élégance
Font le grand art d'écrire, & non pas l'éloquence.
L'éloquence eſt l'inſtinct que reçut en naiſſant
L'homme qui ſait à l'homme inſpirer ce qu'il ſent.

(*) Recueil des Œuvres de M. G... intitulé *Début
poétique*. Je l'ai vu une fois ſur un Quai, où l'on
pourrait peut-être encore le rencontrer. Rien de plus
pitoyable :

..... *Sa Muſe entortillée*
Péniblement ſe traîne à longs replis,
Comme un reptile au travers des taillis.

On y trouve une Héroïde ſur Didon, qui n'annonce

Dans les quatrains harmoniques
Du mélodieux G...

   J'ai vu, (mais qui pourra le croire ?)
J'ai vu, quand le Dieu de Fernei
Sur son autel fut couronné,
Par les Ministres de sa gloire,
J'ai vu deux êtres impudens
Qui s'indignaient de la victoire
Et du triomphe des talens.
Accablé par un tel outrage,
La fureur suspendit mes sens ;
Mais de plus nobles sentimens
Étoufferent soudain ma rage ;
Je ne songeai qu'à rendre hommage
Aux rayons du Soleil couchant,
Qui revoyait l'heureux rivage,
Témoin de son éclat naissant.
   Au séjour de la Féerie,
J'ai vu les vents & les mers,
Euterpe, Erato, Thalie,
L'enfer & les cieux ouverts ;
Mais je n'y vois plus Sophie (*),

---

pas l'ombre du plus médiocre talent. J'en donne une
sur le même sujet, & je la crois moins mauvaise, sans
imaginer qu'on m'accuse d'orgueil ; car elle peut être
cent mille fois supérieure à celle de M. G... & être
cependant détestable.

(*) La célebre Actrice, (Sophie Arnould) retirée

Elle a quitté fans retour
Le temple de l'harmonie,
Où fon jeu donnait la vie
Au preftige de l'amour.
O Français ! par quels caprices
Avez-vous pu mériter
Que l'objet de vos délices
Ceffe de vous enchanter ?
Peuple inconftant & frivole !
Dans tes aveugles defirs,
Tu méconnais ton idole,
Et tu trahis tes plaifirs.

    J'ai vécu dans le village,
Et j'en ai gardé les mœurs.
J'ai foupé chez nos Seigneurs,
Et j'ai ri de leur langage.
Je fus un impertinent ;
Car j'eus la coupable audace
D'examiner leur furface
Et de pefer leur néant.
Ils prétendaient que leurs titres
Les rendaient maîtres en tout ;
De la morale & du goût
Ils fe croyaient les arbitres ;
Ils le difaient hautement.

---

de l'Opéra, dont elle était l'ornement ; elle en a été
nommée la Clairon à jufte titre.

A leurs tables qu'on afliége,
N'ont-ils pas le privilege
D'être fots impunément ?
J'ai vu ces petits Sultans,
Entourés de mille efclaves,
Qui, mendiant des entraves,
Leur prêtaient mille talens ;
Mon inquiete jeunefle,
Qu'irritait tant de fadeur,
Se vengeait de leur grandeur,
En obfervant leur baffefle.

J'ai vu des bouches, des yeux,
Où refpirait la tendrefle,
Des fouris voluptueux
Qui peignaient la douce ivrefle
Des plaifirs myftérieux ;
Mais dans le repli des ames,
Quand je voulus pénétrer,
Loin d'y voir brûler des flâmes,
J'y vis le caprice errer,
L'égoïfme volontaire,
Le defir de tout charmer,
L'art de trahir & de plaire,
Et jamais le don d'aimer.

Dans les chars de l'arrogance,
J'ai vu de larges Midas,
Orgueilleux & vil amas
D'embonpoint & d'ignorance,

Etaler avec fracas
Leur fastueuse indigence.
J'ai vu des minois fardés,
Les ruinant à leur aise,
Ombrager leurs fronts ridés
Du panache à la Françaife.
Créfus d'un air conquérant,
Rit & s'adore lui-même;
Eglé, d'un air nonchalant,
Le careffe, en détournant
Ses yeux vers Frontin qu'elle aime.
　　Si j'ai vu périr le goût,
J'ai vu naître bien des modes.
Bardus prononce fur tout,
Et Zoïle fait des Odes.
J'ai vu des Auteurs tombés,
Confolés par des Actrices;
J'ai vu de petits Abbés
Folâtrant dans les couliffes,
Sur de faciles Hébés
Difperfer leurs bénéfices.
J'ai vu mon peuple charmant
Délaiffer le Mifanthrope,
Britannicus & Mérope
Pour la Belle au bois dormant (*).
Il court après le menfonge ;

(*) Piece du Spectacle forain. On vient d'y jouer la
Fête des Cruches, & tout Paris y a couru.

Le vrai n'eft plus de faifon ;
Les arts ne font plus qu'un fonge ;
Le plaifir n'eft plus qu'un nom.

Dans les cercles du bon ton,
J'ai vu la fadeur polie,
Faire bâiller la folie,
Sans occuper la raifon ;
J'ai vu la froide faillie,
Dans ce monde rayonnant,
Humilier le génie,
Et railler le fentiment ;
Auffi vont-ils rarement
Dans la haute compagnie.

J'ai vu les combats de Mars
Dans le Courier Politique,
Enchaîner tous les regards ;
Et les Peuples d'Amérique,
Arborer de Rome antique
Les glorieux étendards.
J'ai vu l'Anglais en alarmes,
Couvrir la mer de vaiffeaux,
Et le Français fur les eaux
Folâtrer au bruit des armes.

Sous le dais faftueux des grands,
J'ai vu la nature étouffée ;
J'ai vu des peres, des tyrans,
Immoler un de leurs enfans,
A l'autre élever un trophée ;

Des fils perfides & méchans,
Tramer des complots effrayans,
Et compter les jours de leur pere,
En traitant de folle chimere
Les droits sacrés, les nœuds du sang.
Mais le sort venge la nature ;
J'ai vu dans le suprême rang
Régner sa candeur noble & pure ;
J'ai reconnu son doux penchant,
Son langage simple & touchant ;
J'imaginais que loin du trône
Elle fuyait avec effroi ;
Mais le charme qui l'environne
Est peint sur le front de mon Roi.
Je l'ai vu, près de son épouse,
Epoux Amant, Roi Citoyen,
Jouir, aimer, faire le bien :
Malgré la fortune jalouse,
Qui souvent éloigne l'amour
Et l'amitié de la Couronne,
Il a des amis dans sa Cour ;
Il éprouve l'amour qu'il donne ;
Son cœur est payé de retour.
Enfin, sa jeune épouse est mere ;
Ah ! comme il doit l'idolâtrer !
La sœur nous annonce le frere ;
Nous l'attendons pour l'adorer ;
Il aura l'ame de son pere.

Le cœur faifi d'un beau tranfport,
Pleins d'une prophétique ivreffe,
Tous les nourriffons du Permeffe
Ont voulu préfager le fort
De notre nouvelle Princeffe ;
A quoi nous fert leur vain effor ?
J'ai vu l'enfant qui vient de naître.
J'ai vu la mere dont il fort ;
Elle nous dit ce qu'il doit être.

    J'ai, dans nos Cafés favans,
Entendu les cris bruyans
De la tourbe littéraire.
Au nom facré de VOLTAIRE,
Qu'un Grimaud a prononcé,
Je m'approche, & vers la terre,
Fixant un œil courroucé,
J'écoute. — O blafphême impie !
Le grand homme eft déchiré.
Quelle eft cette voix hardie ?
Quel eft cet être ignoré ? —
Ignoré ? me dit Alcippe ;
Il a des droits éminens
Pour juger l'Auteur d'Œdipe ;
C'eft l'Orateur de céans. —
Achevez ; eft-il Poëte,
Philofophe, Hiftorien ?
Sa couronne eft-elle prête ?
Qu'a-t-il fait ? — Rien. Qu'eft-il ? — Rien.

Je

Je vais beaucoup vous surprendre;
J'ai vu, même dans Paris,
Un objet novice & tendre;
Si mon cœur n'eût été pris,
Il allait se laisser prendre.
Josephine est faite au tour;
Elle est fraîche, elle est jolie;
Le clavier de Polymnie,
Sous ses doigts, parle d'amour.
Sa figure est douce & fine;
L'enjoûment est dans ses yeux;
Son humeur est libertine,
Mais son cœur est vertueux.
Oui, j'aimerois Josephine...
Si j'avais encor mon cœur,
J'y graverais son image;
Mais il est sur le rivage,
Où l'objet de mon ardeur
Vécut depuis son jeune âge,
Loin du songe des grandeurs,
Dans un champêtre hermitage
Où vont s'exiler les mœurs.

C'est-là que mon ame enchantée,
Ouverte à peine aux desirs de l'amour,
Comme une rose aux premiers feux du jour;
Connut, aima la tendre Galathée.
Peignons d'abord son aimable séjour;
C'est un devoir dont ma Muse est flattée.

Figurez-vous, dans un riant détour ,
Un toit couvert du feuillage d'un hêtre ;
De ce réduit solitaire & champêtre ,
Ses longs rameaux ombragent le contour.
Plus loin, c'est un ruisseau, dont la Nymphe amoureuse ,
Traînant avec lenteur ses gémissantes eaux,
Murmure nuit & jour sa plainte langoureuse
Au Zéphir , qui soupire au milieu des roseaux.
C'est-là que, pénétré de mon amour extrême,
Seul avec Galathée , après un jour serein ,
  J'allais , *mon Héloïse* (*) en main,
  Lire mes vers à ce que j'aime.
Sur l'écrit de mon cœur , je consultais le sien
  En peignant ce doux lien ,
  Vous peindrai-je mon Amante ,
  Ses yeux, sa grace touchante ?
  Amour ! trace le portrait...
C'est cet air ingénu, cette candeur qui plaît ,
Ce regard innocent & ce tendre sourire ,
Qui peint ce qu'il souhaite , & parle sans rien dire.
  Dans Paris j'ai vu l'univers ;
  L'univers n'est rien auprès d'elle.
  J'ai vu des cœurs faux & pervers ;

(*) L'Héloïse Anglaise, Drame en trois actes & en vers ,
joué l'an passé sur le Théâtre de Versailles , avec un succès
extraordinaire. Des circonstances en ont jusqu'ici empêché
l'impression.

Son ame à mes regards n'en fera que plus belle ,
    Quand je reverrai mes déferts.
C'eft affez comparer le vice & l'innocence.
Dans la foule ignoré , fur ce théâtre immenfe ,
J'en ai vu chaque jour le tableau varier ;
    Si quelquefois il a pu m'égayer ,
Plus fouvent ma jeuneffe en fut épouvantée.
J'ai tout vu , tout revu ; je vais tout oublier
    En revoyant ma Galathée.

DIDON A ÉNÉE,

HÉROÏDE NOUVELLE,

DÉDIÉE A J. J. ROUSSEAU.

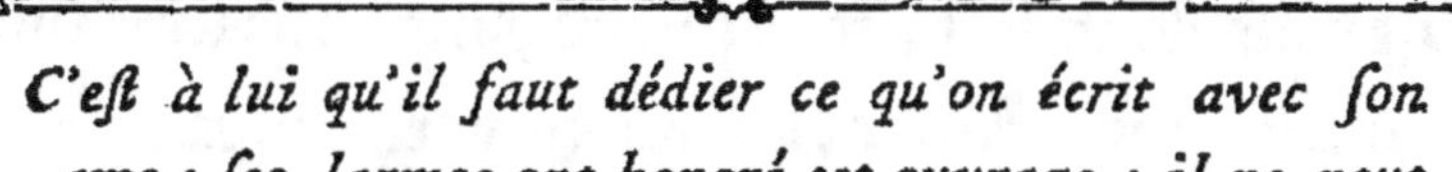

C'eſt à lui qu'il faut dédier ce qu'on écrit avec ſon ame : ſes larmes ont honoré cet ouvrage ; il ne peut manquer de réuſſir.

HÉROÏDE
NOUVELLE,
DÉDIÉE A J. J. ROUSSEAU.

C'en est donc fait, mes pleurs, mes cris font superflus.
Il part. O mon Amant! je ne te verrai plus :
Arrête, — lis du moins cette lettre fanglante
Qu'a tracé, fans efpoir, ma main faible & tremblante.
J'offre encore à tes yeux ma honte & mon tourment.
Eh! qu'ai-je à ménager en ce fatal moment ?
N'ai-je pas tout perdu ? — Princeffe infortunée !
Il ne te refte plus qu'à mourir — loin d'Enée.

Cet empire naiffant, témoin de mes exploits,
Ces remparts difpofés à fleurir fous mes loix,
Mon trône, mon amour, & mon fort déplorable,
Rien ne peut ébranler fon ame inexorable :
Il veut me fuir ; il veut, pour prix de mes bienfaits,
M'abandonner mourante au fond de mon Palais.

B iij

Il veut que ses vaisseaux s'éloignent de Carthage.
La rigueur des hyvers, les périls du naufrage
Ne sauraient arrêter, ni suspendre ses pas.
Le perfide ! où va-t-il ? dans quels nouveaux climats
Verra-t-il une Reine à ses pieds prosternée,
Au chef d'un peuple errant unir sa destinée,
L'élever sur son trône & lui donner sa main,
Ses trésors, son empire ?... Ah ! je m'efforce en vain
D'arracher de mon cœur le trait qui le déchire.
Enée est tout pour moi, je languis, je soupire.
Son image en tout tems m'occupe & me poursuit.
Au lever de l'aurore, au milieu de la nuit,
Ses discours & ses traits, offerts à ma pensée,
Réveillent les transports de ma flâme insensée :
Il a flétri ma gloire, il a pu me trahir ;
Il veut ma mort, — & moi, je ne puis le haïr !

Il parut dans nos ports ; je l'aimai la premiere ;
Je l'aimerai toujours. Je le jure à sa mere.
O Vénus !... qu'ai-je dit ? La mere de l'Amour
A ce mortel féroce aurait donné le jour !
Tremble, vil imposteur, d'allumer sa vengeance.
Au milieu des rochers tu reçus la naissance (*) ;
Et le Rhodope a vu dans ses antres sanglans,
Un monstre furieux te vomir de ses flancs.

(*) Ce vers se trouve dans la Didon de M. Lefranc ; je
l'ai fait ainsi que lui : on le croira si l'on veut.

Ah ! pardonne aux tranfports d'une Amante offenfée!
Lis, cruel, lis encore au fond de ma penfée.
L'excès de ma douleur égare mon efprit,
Et tout mon cœur dément ce que ma bouche a dit.
Si mes pleurs, fi la mort, peinte fur mon vifage,
Ne peuvent t'arrêter plus long-tems à Carthage,
Qu'au moins ton intérêt écarte loin de toi
Des périls trop certains qui me glacent d'effroi.
L'aquilon furieux, les ondes, le tonnerre,
Les élémens armés fe déclarent la guerre.
Le naufrage & la mort à tes yeux font offerts.
Tu vas périr. Vénus naquit du fein des mers.
N'en doute point, cruel ; fa fierté méprifée
Vengera tôt ou tard une Amante abufée.....
J'entends déjà la foudre & les vents fur les eaux.
A travers les écueils ils brifent tes vaiffeaux.
Je vois fur des débris, flottant loin du rivage,
Le chef & les foldats difperfés par l'orage :
Les bras de mon Amant font tendus vers les cieux.
Il appelle Didon, il implore les Dieux.
Didon ne l'entend plus, & les Dieux en colere
Répondent à fes cris par des coups de tonnerre.
Que dis-je ? ah ! malheureux ! c'eft au fond de ton cœur
Que Didon en mourant fe promet un vengeur.
Quittant des fombres bords les demeures profondes,
Mon ombre, en gémiffant, paraîtra fur les ondes.
Tu me verras —— fanglante, un poignard à la main,
Te fuivre fur les eaux, me déchirer le fein,

Accabler tes regards de cette affreufe image.
Au moins avant ta mort tu verras ton ouvrage;
Didon fera l'objet de tes derniers foupirs.
Eh! refte, refte encor; attends que les zéphirs
Favorifent ta fuite aux champs de Lavinie.
Tu m'as ravi l'honneur; tu veux m'ôter la vie.
Eh bien! je t'obéis, tu feras fatisfait:
Mais conferve la tienne, & je meurs fans regret.

Ah! fi pour t'élever, m'aviliffant moi-même,
J'ai mis à tes genoux mon cœur, mon diadême;
Si, me livrant fans peine au charme de ta voix,
J'ai tout abandonné pour vivre fous tes loix,
Ne me refufe point la grace que j'implore,
Ne cherche point la mort. Afcagne à fon aurore,
Refte du fang des Rois, du fang de tes ayeux,
Finirait dans les flots fes deftins glorieux!
Ton fils! eh! fois touché des pleurs où je me noie;
N'as-tu donc arraché, des murs fumans de Troye,
Cet enfant malheureux, les Dieux de ton pays,
Que pour les voir un jour dans l'onde enfevelis?
Ces mêmes Dieux, ton fils, te parlent par ma bouche.
O Ciel! fais que du moins la Nature le touche.
L'amour eft fans pouvoir. Faut-il me rappeller
Ce jour où ma faibleffe, ardente à s'aveugler,
Reçut avidement, dans une grotte obfcure,
Des fermens qu'ont fuivi — le crime & le parjure.
Tu t'en fouviens, cruel; favorable à tes vœux,
Mon cœur héfita-t-il de répondre à tes feux?

Quel moment ! quels tranſports ! quand toute la Nature
Avertiſſait Didon par un ſiniſtre augure.
Ah ! mon cœur & mes yeux, remplis d'un fol amour
Ne voyaient que lui ſeul dans ce funeſte jour.
Les éclairs redoublés ſillonnant les nuages
D'une lueur ſanglante éclairaient ces rivages ;
Du trépas qui me ſuit préſage trop certain.
A mes regards troublés le ciel parut ſerein.
Au fond de la forêt des cris lents & funebres
Erraient avec la foudre au milieu des ténebres.
Sans doute ils condamnoient l'horreur de tes ſermens ;
Et je crus de l'Amour entendre les accens
Réunis à ta voix, bénir ma deſtinée,
Et donner le ſignal d'un heureux hymenée.
Je tombai dans tes bras. Devoir, gloire, pudeur,
J'oubliai tout. L'Amour régnait ſeul dans mon cœur :

   Précieuſe innocence ! ô charme de ma vie !
Depuis l'inſtant fatal que tu me fus ravie,
Mes déplorables jours ne ſont qu'un long tourment.

   Au fond de mon palais, il eſt un monument
Conſacré par l'Amour aux mânes de Sichée.
C'eſt-là que, ſolitaire, à tous les yeux cachée,
Fidele à mon époux, & pleurant ſes malheurs,
J'allois me ſoulager du poids de mes douleurs.
Cette nuit même encor, tremblante, déſolée,
Je me traînais à peine au pied du mauſolée.
Un cri lugubre & lent, mêlé de longs ſanglots,

Deux fois à mon oreille a répété ces mots :
« Malheureuse Didon, gémis-tu sur ma cendre ?
» Quel eſt l'objet des pleurs qu'ici tu viens répandre ?
» Me connais-tu ? » C'était l'ombre de mon époux.
O mânes outragés ! que me demandez-vous ?
Mon ſang ? mon ſang impur ? Votre victime eſt prête.
Ombre que je trahis, tu ſeras ſatisfaite.
Mais le nom du Héros qui trouble ma raiſon
Ne déshonore point ta mémoire & ton nom.
C'eſt le fils de Vénus, le ſang des Dieux, Enée ;
Il devait à mon ſort unir ſa deſtinée.
Vain eſpoir ! le perfide a trompé mes ſouhaits.
Jouis, Pygmalion, du fruit de tes forfaits.
On comble mes malheurs, parais ; tout m'abandonne.
Viens fouler à tes pieds mon ſceptre & ma couronne.
O deſtin ! eſt-ce aſſez m'accabler de tes coups !
J'ai vu, j'ai vu mon frere immoler mon époux.
Je l'ai vu contre moi déchaînant ſa furie,
Pourſuivre ſur les flots mes tréſors & ma vie.
Echappée au trépas, que de tourmens nouveaux !
D'un hymen odieux j'allume les flambeaux.
Parjure, je me livre à ma flamme funeſte....
Ah ! le malheur n'eſt rien, quand la vertu nous reſte.
Elle était mon appui contre les coups du ſort.
Mais le moment du crime eſt l'arrêt de la mort.

Le farouche Iarbas, le Roi de Numidie,
Viendra mettre le comble à mon ignominie.

Tu fais de quel retour j'ai payé fon ardeur,
Pour ne donner qu'à toi mon empire & mon cœur.
Il viendra triomphant, jaloux & plein de rage,
Embrâfer mon palais, défoler ce rivage,
Et la flamme à la main, fuivi de fes foldats,
Traîner mon corps fanglant au fein de mes Etats.

Viens toi-même, cruel, combler ta perfidie,
Dans Carthage expirante allumer l'incendie,
Livrer les Tyriens au glaive deftructeur,
Fouler aux pieds leur Reine & lui percer le cœur.
Aux yeux de mon Amant la mort me fera chere.
Il entendra mes vœux à mon heure derniere.
Je ne plains que le fruit que je porte en mon fein;
Hélas ! il va me fuivre & fubir mon deftin.
Je l'entends, il t'implore, il te nomme fon pere.
Avant d'abandonner fa malheureufe mere,
Si tu voulais du moins, pour fauver cet enfant,
Attendre, cher Époux, qu'il fortît de mon flanc.
Si ton cœur... Mais les Dieux ont ordonné ta fuite. —
A ce comble d'horreur mon ame eft interdite.
Oferait-il le croire ?.... Arrête, malheureux;
Le ciel ordonne-t-il un parricide affreux ?
Tu fais taire le fang à la voix d'un augure :
Eh ! cede à la pitié, confulte la Nature ;
C'eft l'oracle des Dieux. Son temple eft dans ton cœur.

Mais tu n'es point faifi d'une vaine terreur.
Non, barbare, — tu n'es ni faible, ni crédule,

Pour me fuir à jamais ton efprit accumule
Mille prédictions qui font rougir les Dieux.

S'il revolait aux bords où régnaient fes ayeux,
Je dirais, en perdant le bonheur & la vie,
Il me quitte à regret pour revoir fa patrie;
Il me plaint, il retourne aux bords du Simoïs,
Des remparts d'Ilium relever les débris.
Mais aux rives du Tibre un trône imaginaire
Conduit, fi je l'en crois, fa valeur téméraire.
Il fuit, & dans fes murs un peuple floriffant,
Un Etat plus tranquile, un trône auffi brillant,
D'une Reine à fes pieds & l'amour & l'hommage,
Tout ne devrait-il pas l'enchaîner à Carthage ?
Mais que de vains difcours & de cris fuperflus !
Il m'a déshonorée, — il ne me connaît plus.

Eh bien ! que la pitié fuccede à la tendreffe.
Au bord de fon tombeau confole ta Maîtreffe.
Enée, au nom des Dieux, ne m'abandonne pas :
Je ne veux que te voir & mourir dans tes bras.
Me refuferas-tu cette grace derniere ?
Ah ! fi tu me voyais le front fur la pouffiere,
Te retracer mon fort d'une tremblante main,
Et de l'autre lever un poignard fur mon fein;
Je te connais ; ton ame en ferait attendrie.
Tu te repentirais de tant de barbarie.
Oui, mes regards mourans verraient couler tes pleurs;
Hâte-toi, viens, cours, vole... il n'eft plus tems..Je meurs.

F I N.

Nª. L'Héroïde d'Ariane à Théfée paraîtra à la fuite des
feconds J'ai vu.